A HISTÓRIA DE JOANA

Fernanda Schindel

A HISTÓRIA DE JOANA

TALENTOS DA LITERATURA BRASILEIRA

novo século®

São Paulo, 2017

A história de Joana
Copyright © 2017 by Fernanda Schindel
Copyright © 2017 by Novo Século Editora Ltda.

COORDENAÇÃO EDITORIAL
Vitor Donofrio

AQUISIÇÕES
Cleber Vasconcelos

EDITORIAL
João Paulo Putini
Nair Ferraz
Rebeca Lacerda
Talita Wakasugui

PREPARAÇÃO
Luiz Alberto Galdini

REVISÃO
Bárbara Cabral Parente

DIAGRAMAÇÃO
Nair Ferraz

CAPA
Dimitry Uziel

Texto de acordo com as normas do Novo Acordo Ortográfico da Língua Portuguesa (1990), em vigor desde 1º de janeiro de 2009.

Dados Internacionais de Catalogação na Publicação (CIP)
Angélica Ilacqua CRB-8/7057

Schindel, Fernanda
A história de Joana / Fernanda Schindel. -
Barueri, SP: Novo Século Editora, 2017.
(coleção Talentos da literatura brasileira)

1. Ficção brasileira I. Título.

17-1058   CDD-869.3

Índice para catálogo sistemático:
1. Ficção: Literatura brasileira   869.3

NOVO SÉCULO EDITORA LTDA.
Alameda Araguaia, 2190 – Bloco A – 11º andar – Conjunto 1111
CEP 06455-000 – Alphaville Industrial, Barueri – SP – Brasil
Tel.: (11) 3699-7107 | Fax: (11) 3699-7323
www.gruponovoseculo.com.br | atendimento@novoseculo.com.br

DEDICATÓRIA

À minha mãe Iracema, que sempre me apoiou e me permitiu experimentar novos caminhos; à minha irmã Renata e meu irmão Arthur, por me ensinarem a força do amor incondicional; e ao meu pai Guilherme, por possibilitar a realização deste sonho.

CAPÍTULO 1

SENTADA NO CHÃO, Joana tentava se acalmar. Deveria ter aprendido a essa altura, já não era mais uma menina. Coçou a cabeça. Achava que já tinha aprendido a não confiar tanto nas pessoas. Ela não acreditava que estava passando por tudo isso outra vez. Quantas vezes mais seria necessário "tomar na cara", como diziam suas amigas. Aliás, grandes amigas essas que sempre encontravam tempo para contar os problemas à Joana, mas que nos momentos em que Joana precisava desabafar sobre os seus, estavam sempre ocupadas. "Outra hora, quem sabe", diziam, "vamos marcar um dia" e nada. Pensando nisso, Joana expirava todo o ar de seus pulmões. Da próxima vez ela não seria tão disponível...

Perdida em seus pensamentos, nem ouviu as batidas na porta nem seu celular tocar. Só conseguiu emergir de sua tortura psicológica quando se assustou com o som da campainha. Dando-se conta de que estava sentada no chão, olhou em torno. Era a realidade que a chamava de volta. Lentamente, levantou-se e foi atender à porta, esperando que não houvesse ninguém. Olhou pelo olho mágico. Era pior que alguém, era a sua mãe que esperava impaciente por ela do outro lado da porta.

Enquanto girava a chave, Joana aproveitou para respirar fundo e forjou um sorriso enquanto a porta se abria. Lá estava Miranda, uma mãe de meia-idade – não gostava de ser chamada de idosa, mesmo após entrar na sua sexta década de vida – com seus cabelos tingidos, sua bolsa quase maior do que ela e aquele olhar no rosto. O mesmo olhar que afastou Joana de seu convívio. O olhar de quem silenciosamente dizia "eu avisei".

– Oi, mãe. Quanto tempo – disse a filha, com a voz engasgada.

Miranda nada disse, pois se dissesse seriam aquelas mesmas palavras que ecoavam na cabeça da filha. Apenas largou as coisas no chão e abraçou Joana, que desabou em um choro alto. Chorou como quem não chora há anos. Colocou tudo para fora. Apesar das diferenças, estava nos braços seguros da sua mãe.

CAPÍTULO 2

ENQUANTO OLHAVA o dia amanhecer, Joana tentava se lembrar em que momento tudo havia se perdido, mas as únicas lembranças que conseguia resgatar com Diego eram todas de companheirismo e de muitas risadas. Isso e a última briga, que não era tão diferente das outras que tiveram nos últimos seis anos. Entretanto, Joana não era capaz de imaginar que o desfecho seria a separação.

Enquanto isso, Miranda fazia seu milagroso chá "levanta defunto", como ela o chamava, e de vez em quando olhava de soslaio para a filha, sentada no balcão da cozinha com os cotovelos apoiados no mármore e as mãos segurando a cabeça. Parecia ser necessário o apoio das mãos para carregar o peso que a coluna já não podia mais sustentar: o peso dos pensamentos.

Miranda conhecia muito bem esse pesar. Foi exatamente por isso que, depois do segundo grande amor, decidiu não abrir mais seu coração a novos pretendentes. Ela já tinha visto o suficiente na vida para saber que homem nenhum prestava. Tentou educar suas três filhas assim, mas nenhuma entendia que era por proteção, e cada vez que uma de suas meninas se magoava ela fechava mais um pedaço do seu coração. Não entendia por que as mulheres precisavam de um relacionamento para se sentirem completas. Miranda conseguiu se virar sozinha muito bem nesses anos todos, nunca precisou de homem para lhe dizer o que fazer. Era por isso que agora, já com seus 63 anos, morava sozinha com seus animais de estimação. Era por isso que não tinha companhia para o café da manhã ou para o almoço, nem para assistir a um filme romântico. Nada. Vivia um dia como tinha vivido o anterior: sozinha. Miranda chacoalhou a cabeça, tentando não pensar nisso.

– Amor da mãe, no que está pensando? – perguntou, para evitar refletir sobre sua vida.

Joana levantou a cabeça.

– Nas coisas – respondeu, decidida a não puxar assunto.

– É?! Ah, então tá – disse Miranda, fingindo indiferença. Mas sabia que a filha cederia logo. Até porque ela não tinha viajado mais de 300km para ficar em silêncio.

Alguns minutos de silêncio se passaram, para Miranda mais pareciam horas, porque tentava se conter de iniciar uma conversa com "eu sabia que isso ia acontecer". Mas foi Joana quem deu o braço a torcer:

– Sabe, mãe, o que mais me dói são os planos que eu fiz e agora não existem mais. São as nossas viagens de casal que nunca saíram do papel, são nossos planos de carreira em conjunto, são nossos domingos de café na cama... Ai... – Joana se esforçava para não gaguejar.

– Sim, meu amor, mas deixa isso pra lá. Tu não precisas de homem nenhum para ser feliz.

Joana olhou fixamente para a mãe. Ambas sabiam que aquilo não era verdade. Nem para Miranda, nem para Joana. Ainda mais para a filha, que desde pequena mostrou ter um enorme coração e muito amor para dar. Mesmo na infância, Miranda recordava-se da filha embalando metade de seus presentes de Natal para doar em um abrigo próximo. Miranda sabia que a filha precisava colocar aquele amor todo em algum lugar (ou em vários).

– Mãe, eu tinha só uma ideia certa na minha vida e era o Diego. Só isso. Eu sabia que poderia mudar de cidade, de emprego, de casa, mas a pessoa para quem eu voltaria no final do dia seria a mesma. Mas e agora, mãe?

Miranda ficou em silêncio. Não sabia exatamente como dizer que esses planos demorariam a se dissipar no tempo. Resolveu ser lacônica:

– Só o tempo.

Joana mal conseguia organizar seus pensamentos. Ia e voltava na linha cronológica. Não conseguia pensar em Diego – só o cheiro de seu perfume já lhe doía os pulmões –, mas ao mesmo tempo não conseguia se desfazer dele. Muito menos podia aceitar a ideia de começar tudo de novo, da estaca zero: conhecer alguém, se apaixonar, estabelecer uma relação de afinidade... E se não desse certo então... Affff... Aí começaria tudo outra vez. Como era maçante encontrar um novo amor.

Com a desculpa de guardar a roupa que estava no varal há uma semana, Joana subiu até seu quarto, acreditando que o silêncio acalmaria sua mente. Não tinha passado pela sua cabeça que a memória, o cheiro e até a bagunça de Diego a deixariam em pior estado. Quando abriu a porta, deu de cara com a primeira foto que tiraram, ainda no colégio. Subiu-lhe uma raiva descomunal. Maldita ideia de colocar uma foto de frente para a porta de entrada. Maldita ideia de ter tirado aquela foto, maldito dia em que ela resolveu decorar a casa com fotos do casal. Joana virou o porta-retratos para baixo, dobrou as roupas e abriu a gaveta para enfiar as roupas quando se deparou com uma carta. Afinal, a criatura não era tão desalmada assim, talvez tivesse deixado uma explicação.

Desceu correndo as escadas, pois sabia que não seria capaz de lidar com aquela carta sozinha, precisava do apoio de sua mãe, por pior que fosse aquele olhar de julgamento. Miranda perguntou onde era o incêndio, forçando uma piada, enquanto servia o chá nas canecas. Joana sentou-se e esperou a mãe virar-se.

– Mãe, olha – disse, mostrando a carta ainda lacrada.

– Abre, filha – falou Miranda, apesar de não ter certeza de que sua filha seria capaz de suportar o que estava por vir.

Joana olhou por alguns minutos para a carta, como se ela fosse explodir caso fosse aberta, tamanho era o peso das palavras. Decidiu que não tinha forças.

– Abre pra mim, mãe? Acho que vou precisar que tu leias.

A mãe respirou fundo, pegou o envelope e o abriu. Os olhos corriam pelas palavras – não ia ler em voz alta antes de saber do que se tratava, para calcular os danos –, quanto mais lia, mais vermelha de raiva ficava.

– Fala, mãe, pelo amor de Deus!
– Eu acho melhor tu não leres. É irritante. Pode te causar mais dor.

Apesar de relevar o argumento da mãe, Joana não aguentou o mistério e arrancou a carta da mão de Miranda. Não podia acreditar no que lia:

Minha querida, é com muito pesar que te escrevo esta última carta. Para mim, chega. Durante esses cinco anos [ele não conseguia nem se lembrar da porcaria da data de aniversário. ERAM SEIS ANOS!] *tentei ser o homem que tu quisestes. Tentei ser perfeito, mas não sou. Tu também não és e nem por isso eu fico dizendo a cada cinco minutos. Não dá mais para mim. Cansei das tuas reclamações: "não corta as unhas na cama", "não deixa a cueca no banheiro", "não vira a noite trabalhando sem me avisar"... E por aí vai... Enquanto tu reclamavas sem parar, eu me distanciava cada vez mais. Até que encontrei alguém que me ama como eu sou. Estamos juntos há três anos* [dessa data ele lembra!]*, trabalhamos*

juntos, e hoje parto para ficar com ela. Compramos uma casa linda com um pátio enorme [para ela, ele comprou a casa, a nossa eu paguei sozinha] *e lá serei feliz. Adeus e boa sorte, espero que mudes ou acabarás sozinha. Depois mando alguém da empresa para buscar minhas coisas.*
Com amor, Diego.

Joana terminou de ler a carta, mas continuou na mesma posição. Talvez não tivesse lido direito, leu meio correndo, talvez não era bem isso que ela tinha entendido. Releu, calmamente. Largou a carta no balcão, não havia mais esperança. Era realmente o fim.

– Fala alguma coisa, minha filha.

– Eu não acredito, mãe, que depois de todos esses anos ele teve a capacidade de escrever uma carta falando dos meus defeitos e quase na mesma frase me conta que há três anos me traía. Não consigo entender como os homens funcionam.

– Ai, Joana, eu sabia que ele tinha outra. Como eu sempre te disse: nenhum homem larga uma mulher se não tiver outra em vista. É questão de segurança para eles. Só não esperava que ele fosse tão cara de pau a ponto de colocar a culpa em ti.

Joana cambaleou até o sofá mais próximo, tentando absorver o que acabara de ler. Deitou-se, olhando para o teto meio mofado – tinha pedido ao Diego que limpasse o teto, pois não alcançava, mas claro que ele não o limpou. Decerto fazia isso na casa da fulana.

Sentiu seu coração apertar, a respiração já não dava mais conta de acalmar. Respirava o suficiente para sobreviver, porque doía muito. Estava decidido: jamais amaria novamente.

Nenhuma das duas tomou o chá. Ficaram na sala até pegarem no sono. Joana deitada e Miranda sentada em uma cadeira nada confortável, segurando a mão da filha.

No dia seguinte, Joana juntou forças para ir até a sua empresa de produção cultural anunciar a seu sócio que tiraria umas semanas de licença. Precisava organizar a vida. Além do mais, no estado em que se encontrava não seria produtiva no trabalho. Entrou no escritório sorrindo, apesar de tudo, e cumprimentando todos pelo nome. Não podia deixar de reparar o burburinho por onde passava. Acontecia que os funcionários acompanhavam as redes sociais do Diego. Ele já havia modificado seu status de relacionamento e postara fotos de sua nova mulher, grávida – o que Joana descobriria mais tarde, falando com seu sócio.

Nos dias que se seguiram, Joana mal saía da cama. Passava os dias de pijama, dormindo e acordando, era sua mãe quem a obrigava a pelo menos tomar um banho por dia, mesmo que colocasse outro pijama novamente. Era sua mãe a encarregada de insistir para que Joana comesse, "pelo menos algumas colheradas", dizia. Era sua mãe que mantinha a casa limpa e iluminada, porque, se dependesse da filha, passaria dias sem abrir uma janela. Miranda estava preocupada com

Joana, mas sabia que era passageiro. A sua filha não ficaria por muito tempo deixando de viver por um homem que continuava vivendo, feliz e indiferente. Não. Não tinha criado suas meninas para isso. Elas eram fortes e batalhadoras e ao mesmo tempo carinhosas e amorosas. Pensando nas filhas, sorriu. Tinha orgulho de tê-las guiado através das turbulências da vida. Nenhuma das três teve a vida fácil, mas todas perseveraram e não seria diferente nesse momento.

Pela manhã, Miranda fez uma sopa reforçada e levou para a filha em seu quarto. Há quatro dias Joana estava naquele estado de autopiedade. Naquele dia, Miranda, ia dar um basta. Mas primeiro, a sopa. Joana sentou-se na cama devagar, parecendo ter alguma doença terminal, e abriu a boca, pois não tinha forças ainda para segurar a tigela. Miranda dava as colheradas para a filha, e calmamente foi falando o que estava ensaiado na sua cabeça.

– Como está se sentindo hoje, meu bebê?

– Mais ou menos.

– Vou fazer aquele cheesecake de amora que tu adoras. O que achas?

– Acho ótimo, mãe! Sabe, aquele negócio da gravidez me pegou de jeito. Desde que começamos a morar juntos, eu falava em ter filhos e era sempre "daqui a uns anos", "depois disso, depois daquilo". E nada. Mas vai ver eu sou mesmo o problema, porque nunca dou certo com alguém por muito tempo.

– Minha filha, olha bem para mim, o teu problema não é que tu exiges demais dos homens, mas que tu escolhes homens incapazes de sequer compreender o que tu estás pedindo. Entendes?

Aquela frase caiu uma flecha no alvo. Era bem verdade, Joana não tinha sorte nos relacionamentos, mas também era verdade que escolhia sempre os homens errados. Homens imaturos e interesseiros.

– Bom, agora que terminastes a sopa, te veste que precisamos ir ao supermercado – disse Miranda, torcendo para que seu plano desse certo.

– Mas, mãe...

– Não, Joana! Não tem nada para fazer o cheesecake na dispensa e eu não sei dirigir aquele carro. Te dou o tempo que quiseres para te arrumar, mas te levanta. Vais tomar um banho quentinho, lavar esse cabelo. Está bem?

Um minuto de silêncio.

– Está bem, mãe. Estou levantando.

Que alívio! Tudo estava dentro dos conformes e Joana não tinha nem percebido que a conversa toda fora programada. Quando Miranda estava se levantando, Joana agarrou o braço da mãe e a enlaçou em um abraço apertado.

– Muito obrigada, mãe.

Ela sabia das intenções da mãe desde o começo da conversa, mas no fundo também achava que já era hora de sacudir a poeira e recomeçar, sozinha. Em menos de meia hora, estava pronta e maquiada. Uma vez sua avó materna lhe disse: "Nos dias em que estiveres mais triste, é quando deves te arrumar melhor". Nunca mais esqueceu aquele conselho, assim como as crendices populares da avó.

Miranda nem mesmo acreditou que a filha, agora tão deslumbrante, era a mesma pessoa que há cinco minutos se recusava a pegar a tigela de sopa. Não pôde conter as lágrimas que corriam pelas bochechas ao ver a sua pequena descendo pela escada. Joana tinha um cabelo maravilhoso, cacheado, em tons castanhos, que caíam suavemente até as costas. Se Miranda tinha feito algo de certo na vida, eram suas filhas.

– Ai, mãe, o que é isso?! Não precisa chorar só porque eu levantei da cama! Que drama – disse Joana, sorrindo e secando o rosto da mãe.

– Tua mãe tem um coração mole, não sabes disso?! E tu estás tão linda...

– Então vamos logo, antes que eu vire abóbora!

Saíram as duas de mãos dadas. Falaram sobre tudo no caminho até o supermercado, menos sobre o Diego. Tanto a mãe quanto a filha estavam felizes por relembrar como é ter a companhia uma da outra.

As compras em si não levaram muito tempo, mas nenhuma das duas queria voltar para casa, então inventaram coisas para fazer na rua. Foram ao shopping, fizeram as mãos e os pés no salão de beleza, olharam lojas de roupa e de decoração para casa. Ao perceberem que a noite caía, resolveram lidar com o retorno para a casa. Não importava a dificuldade, Miranda estaria ao lado de Joana para superarem juntas, mais uma vez.

As duas entraram no carro, Joana ligou o som, como sempre fazia, e cantou a música que tocava enquanto manobrava e saía do shopping. Deu boa-noite ao segurança, mostrando à mãe que continuava muito bem-educada.

As ruas estavam escuras, um ar denso pairava no horizonte. Miranda chegou a comentar sobre o clima "tenso" na rua, Joana disse que era culpa da hora do rush, que deixava todos estressados. Apesar da brincadeira e das risadas no caminho de volta, Joana não conseguia deixar de perceber os arrepios nos braços e nas costas – o que ela não contou para a mãe – porque não queria prestar atenção nisso. Só queria chegar em casa. Sabia que precisava chegar logo, aqueles arrepios não eram comuns, e certamente não se referiam a bons presságios.

Estavam na avenida, a poucos minutos de casa – Joana já podia sentir o peso se dissipando sobre seus ombros –, quando pararam em uma sinaleira, atrás de um carro esportivo preto. Miranda fez uma observação à Joana de que nem sequer os faróis daquele carro estavam ligados. Imediatamente Joana compreendeu a situação. Era um assalto. Colocou seu pé no acelerador para desviar do carro, mas era tarde demais. Outros dois carros semelhantes encostaram um de cada lado. Algumas pessoas encapuzadas e armadas desceram correndo – Joana conseguiu contar seis pessoas, que pareciam ser homens. Um dos homens parou do lado da janela de Joana e apontou a arma. Uma voz abafada disse: "Desce! Passa tudo, passa tudo!".

Miranda, que observava a cena apavorada, percebeu imediatamente que aquelas pessoas estavam fora de si, gritavam quase todos ao mesmo tempo comandos diferentes. Provavelmente, estavam sob efeitos de narcóticos. Joana respirou fundo e tentou manter a calma, porém suas mãos tremiam. Desligou o carro, mas deixou as chaves caírem com a tremedeira. Um outro homem assustou-se, achando que Joana estava planejando algo, e começou a atirar. Ela perdeu as contas de quantos tiros foram e procurou ficar abaixada, protegendo a cabeça. O terceiro assaltante gritou e todos fugiram. Sem entender muito bem, Joana levantou o corpo e teve a pior visão de toda a sua vida. Na euforia do atirador, Miranda foi alvejada. A mãe estava com uma mão na barriga e outra no peito, mas Joana viu que mais sangue escorria de outros buracos – tinha um no ombro direito, outro no seio esquerdo e outro no estômago. Os olhos das duas se encontraram e essa foi a última coisa que Miranda viu.

Joana não chorou. Ligou o carro e dirigiu acima da velocidade até o hospital mais próximo, a três quadras do acidente. Entrou gritando no hospital, com a mãe ensanguentada e inconsciente em seus braços. Imediatamente, enfermeiros colocaram Miranda em uma maca e correram com ela para o bloco cirúrgico. Joana corria junto, até o momento em que o médico a barrou e disse: "Aguarde na recepção que logo lhe daremos informações". Joana parou. Olhou em volta, meio sem saber o que fazer. Tentou procurar um rosto conhecido, como se estivesse esquecido o que se passava. Resolveu voltar para a recepção, mas no caminho a realidade a atingiu. Ela pensou no que estava acontecendo e desmoronou no chão. Não tinha forças para continuar em pé, colocou as mãos no rosto e chorou desesperadamente.

Parecia que as coisas jamais ficariam bem novamente. Era uma bomba atrás da outra, Joana não tinha sequer tempo de se recuperar. Ela tentava pensar na última recordação que tinha de felicidade e nenhuma memória vinha. Suas lágrimas saltavam de seu rosto, o ar se esvaía dos pulmões e o maior desejo era desistir de tudo. Ali jogada no chão, aquele era seu fim. Sem mais dor, sem mais sofrimento, sem mais tentar.

Exatamente no momento em que seus pensamentos ficavam profundamente sombrios, Joana sentiu alguém a abraçar e repentinamente lembrou-se de onde estava. Foi voltando a si aos poucos, até ser capaz de retomar a postura e abrir os olhos. Viu uma enfermeira morena que a olhava com empatia. Sem falar nada a moça auxiliou Joana a levantar do chão, arrumou seus cabelos, secou suas bochechas e ergueu sua cabeça. Foi só então que disse:

– Apenas os fardos que somos capazes de carregar nos são designados. As coisas acontecem porque Deus permite, e Ele permite porque precisamos passar pelas dificuldades a fim de nos fortalecer. O que quer que esteja acontecendo, tu não estás sozinha e tens as ferramentas no bolso para superar isso.

Joana ficou calada, olhando a enfermeira falar. Não é que ela acreditasse naquilo, todavia era o que ela precisava ouvir naquele momento. Ao final da intervenção da desconhecida, Joana a abraçou e agradeceu. Havia de alguma maneira recuperado as forças necessárias para comportar-se socialmente e um sentimento reconfortante de esperança encheu seu peito. Respirou fundo, deixando a sensação de fracasso ir embora e dirigiu-se à recepção. Tudo vai ficar bem, pensou, afinal de contas era sua mãe e mães não podem adoecer, que dirá... Ah! Definitivamente não era a hora de ter pensamentos como esse. Deveria se concentrar em resolver a situação. Foi até a bancada de informações na recepção e perguntou à atendente sobre notícias de sua mãe. A moça solicitou à Joana que se sentasse, enquanto ela se atualizava do caso. Joana sentou-se em uma cadeira branca e desconfortável de frente para a atendente e a olhava fixamente falar ao telefone. A moça deu o nome da paciente e, ouvindo o que a outra pessoa falava do outro lado da linha, olhou para Joana discretamente e logo baixou o olhar. Conversaram mais algumas palavras e a atendente desligou.

Joana deu um salto até a bancada e esperou, olhando para a moça.

– O médico está vindo da sala de cirurgia para falar com a senhora – disse a atendente.

– Mas te disseram alguma coisa? Tu não podes me falar nada? – Joana esperou alguns segundos. – Por favor!

– Desculpa, senhora, não posso informar nada.

As duas ficaram se olhando por um tempo. Joana sabia que a atendente tinha informações, só não podia passá-las adiante. E se era o médico que devia conversar com Joana, a situação provavelmente era grave. Sem ter opções, voltou ao seu lugar nada aconchegante e esperou. Passaram mais ou menos quinze minutos quando o médico apareceu chamando seu nome. Ela se identificou e logo o médico começou a falar:

– Boa noite, senhora Joana, sou o Dr. Rodrigo Machado, cirurgião. A sua mãe havia perdido muito sangue quando chegou à sala de cirurgia. Conseguimos, felizmente, remover todos os projéteis, mas para isso foi necessário repor parte do sangue. Sua mãe encontra-se, portanto, em estado grave, por enquanto permanecerá na UTI e em coma induzido. Entenda que as chances de recuperação efetiva são maiores estando o corpo em repouso. Assim que a situação estabilizar, providenciaremos a retirada do coma. Compreende, senhora?

– Claro, doutor. Quando posso vê-la?

– A partir de amanhã no horário de visita, das catorze às dezesseis horas. Eu sugiro que se há algum parente que a senhora possa avisar, avise. É um momento delicado para se estar sozinha e não sabemos como o quadro evoluirá. Ficou alguma dúvida?

Joana balançou negativamente a cabeça, o médico despediu-se e desapareceu no corredor. Lentamente ela retornou a sua cadeira, balbuciando repetidamente as palavras que acabava de ouvir. Sangue... Projéteis... Grave... Coma... E pensar que poucos meses antes nem sequer planejava rever a mãe. Por um momento agradeceu por ter se separado e recebido a visita de Miranda, agradeceu por ter se lembrado do quanto a mãe fazia falta em sua vida.

Resolveu, então, avisar as irmãs sobre os últimos acontecimentos. Ligou para Suzana, a irmã mais velha, agora com 38 anos, relatou brevemente o fim do casamento, a chegada da mãe e a terrível volta do supermercado. Reproduziu as palavras do médico sobre o diagnóstico e pediu que Suzana avisasse Paola. A irmã, muito surpresa com a situação, respondeu que as duas estariam no hospital o mais rápido que pudessem. E pediu que Joana tentasse comer algo e dormir um pouco.

Comer. Quem é que tem fome diante dessas circunstâncias? Qual o ser humano que entrega sua mãe inconsciente e lavada em sangue e vai comer um sushi?! Não, isso estava fora de questão. Ela comeria quando seu corpo não aguentasse mais parar em pé ou assim que a mãe melhorasse. Sim, este era um pensamento mais agradável: sua mãe saindo do hospital. Joana procurou uma cadeira mais perto do acesso do médico e sentou-se. Uma cadeira estofada azul. Pelo menos essa não era branca, quem será que decidiu que branco é uma cor reconfortante? Joana escreveu uma nota no celular: "procurar arquiteto do hospital". Ela precisava reclamar daquelas cadeiras. E de repente sorriu: "que coisas estranhas a gente pensa quando está em uma situação anormal". E assim, pensando em coisas estranhas, adormeceu sem perceber, toda torta naquela cadeira incômoda.

– Jô! Joana. Jozinha – Paola chamava baixinho e acariciava o braço da irmã.

– Que horas são? – perguntou Joana de sobressalto.
– Ai, manas, são vocês! Que saudade.

As três se abraçaram. Suzana, conhecendo a irmã, deduziu que ela não tivesse comido nada e sugeriu que elas fossem tomar um café na lanchonete do hospital enquanto as conversas eram atualizadas. No caminho, Joana contou os fatos mais atuais: a carta de Diego, as fotos com a nova mulher grávida, a ida no supermercado como desculpa para tirar Joana de casa, e o momento em que tudo aconteceu.

– Foi tão estranho, eu estava com aquela sensação ruim, um aperto no coração. Eu só queria chegar em casa. E então, quando a mãe fez o comentário dos faróis, eu me dei conta de onde vinha aquela sensação.

– Ai, Jô, não tinha como saber que era isso. Poderia ser qualquer coisa. Tu não tens culpa dos acontecimentos.

– Eu sei, Su, na minha cabeça eu sei. Mas eu fico reproduzindo o filme na minha mente, imagino trezentas ações que eu poderia ter feito diferente que talvez não levassem ao tiroteio. Eu tentei fugir, eu derrubei a chave, eu me abaixei. Por causa das minhas ações as coisas aconteceram daquela forma, por causa do meu término de relacionamento...

– Joana – dessa vez quem falou foi a irmã mais nova, que até então só observava –, a mãe nos criou dentro de centros espíritas. Eu e tu estudamos os livros do Allan Kardec juntas. Tu sabes que não é assim que as coisas funcionam. Eu acho que nada poderia ter sido diferente, sabe-se lá quais são os motivos, mas a mãe tem que passar por isso e nós temos que passar por isso.

– Mas então, Paola, por que eu sabia que algo ia acontecer? Por que eu tinha a impressão de que se eu chegasse em casa tudo estaria bem? Me diz. Porque não estou vendo utilidade nenhuma em ser avisada se eu não posso fazer nada.

– Pode ser que tu tenhas sentido isso porque já sabia que ia acontecer. Como se tu te lembrasses que era naquele momento. Entende? Esse aviso não necessariamente era uma oportunidade de intervenção.

– Mana – disse Suzana após uns segundos de silêncio –, pensa, se isso era para acontecer, ia ocorrer independente do cenário. Talvez, se tu não estivesses com ela, a mãe nem teria chegado ao hospital. E com certeza ela não teria a tarde que teve contigo.

Joana desviou o olhar, não entendia como as irmãs conseguiam ver coisas boas daquilo tudo. Era um horror, uma confusão. Caos total. Paola colocou a mão sobre a mão de Joana e Suzana fez o mesmo. Joana suspirou e disse:

– É, gurias, não é tão ruim assim, afinal estamos juntas novamente.

– Nós vamos sobreviver a tudo isso, como sempre – complementou Suzana.

CAPÍTULO 3

JOANA NÃO SABIA o que era pior naquele hospital: as paredes descascadas, as cadeiras desconfortáveis, as enfermeiras sem coração ou as noites. As noites eram terríveis, e claro, intermináveis. As paredes horrorosas ficavam tomadas por sombras; as vozes, outrora meros sussurros, tornavam-se presságios de sofrimento. Cada vez que Joana passava por um familiar nos corredores – que mais pareciam abatedores – era praticamente palpável a dor, talvez fosse algo no olhar, no cheiro, talvez fosse a atmosfera densa do ar, ou talvez fosse apenas a noite.

As noites lembravam, mesmo que inconscientemente, àquelas em que Joana adormecia nos braços de sua mãe. Noites que provavelmente só as crianças dormiam, porque as mães não têm tempo de dormir – quem sabe elas tenham medo de que os anjos tirem folga durante a noite. Mesmo sem compreender o porquê do peso do cair da noite, Joana sentia uma vontade incomensurável de sentar no colo da mãe e ouvi-la dizer que tudo ia ficar bem.

Esses sentimentos não passavam despercebidos. Suzana notava que com as noites vinham também os devaneios obscuros da irmã. E consequentemente os isolamentos e as passeadas nos corredores trevosos. Era quando Joana saía que Suzana e Paola conversavam sobre a situação mental da irmã. Para elas, a irmã do meio estava sem vida, sem rumo e sem fé. Paola sabia a necessidade de "orar e vigiar", ela sabia que quanto mais deixamo-nos afundar no poço, mais longa e árdua fica a jornada de volta. Porém ela não conseguia conversar sobre isso, ela sentia dificuldade de conversar sobre religião e crenças com Joana, pois a irmã havia desistido de acreditar há muito tempo. A vida também não havia sido fácil para Paola, mas ela escolheu se apegar no lado bom dos acontecimentos e na esperança de que toda mudança é para o bem. Os seres humanos é que são impacientes e não têm a capacidade de compreender o todo.

Passada a primeira semana de internação – ou melhor, de coma –, Paola concluiu que de nada adiantava para as irmãs passar os dias e as noites enfiadas no hospital. O melhor a fazer era encontrar um meio de recarregar a energia e obviamente elas não estavam conseguindo fazer isso lá dentro.

Ninguém deveria ter que ir a um hospital, especialmente em circunstâncias tão delicadas. Os hospitais lembram um pouco os açougues, onde os funcionários não são capazes de enxergar as pessoas "por trás" dos corpos, enxergam apenas membros e partes, como se a ciência fosse capaz de ser dividida em pedaços. Faltava um pouco de filosofia naquelas ciências médicas e certamente umas doses de psicologia. Aliás, até onde se sabe, ninguém morreu por ser capaz de se colocar no lugar dos outros e compreender diferentes pontos de vista; ninguém foi internado por conseguir conversar sobre as raízes dos problemas. Umas doses de psicologia não fazem mal a ninguém, certamente.

Andando naquele hospital, Paola tinha saudades do que poderia ter sido, mas não foi. Tinha saudades do que poderia ter dito, mas não disse – talvez por falta de oportunidade ou talvez por falta de vontade –, tinha saudades dos lugares que nunca conheceu, dos namorados que nunca amou e das amigas que nunca realmente teve. Naquele momento tão único, era quase óbvio a falta que fazia ter amigos, e ter um namorado. Alguém com quem ela pudesse contar para conversar sobre tudo, que pudesse perceber seu humor só pela forma de olhar, alguém que pudesse ampará-la quando ela precisasse. Era difícil apoiar as irmãs sem ter em quem se encostar quando o coração pesasse.

Pensando nisso, Paola riu. Não existem homens assim. Algo acontece na formação genética dos homens que faz com que eles sejam incapazes de antecipar os movimentos e necessidades alheias. E convenhamos que alguns não são nem mesmo capazes de entender o que acontece diante dos próprios olhos. Existe um claro defeito de comunicação entre homens e mulheres, o que não se sabe é por que depois de tantos séculos eles ainda insistem em ficar juntos.

Paola já tinha sofrido tanto por amor que agora as coisas já nem doíam tanto. Cada vez que ela se aproximava de alguém, contava os dias para as coisas desandarem. Ela já nem depositava muita esperança porque a única certeza era de que sairia magoada. Das vezes em que ela se entregou, amou, mudou, melhorou, amparou, ela tinha sido lacerada por dentro; tinha sofrido as mais diversas atrocidades amorosas. Já fora traída, já fora trocada, já fora abusada, já fora inclusive esquecida sem nem mesmo saber que o relacionamento tinha terminado. Na verdade, essa habilidade masculina é um dos maiores mistérios do mundo: como acabar um relacionamento sem que a outra pessoa desconfie. Aí está uma tese de doutorado para aqueles que tiverem coragem de pesquisar.

Depois de tantas noites chorando ouvindo música, de tantas orações se perguntando o motivo de ter sido tão incrível – pelo menos na cabeça dela – e terminar de maneira tão avassaladora; depois de tudo isso, Paola não acreditava mais no amor de casal. Depositava, entretanto, suas energias e esperanças na ajuda aos necessitados. Trabalhava em orfanatos, praticava e estudava o espiritismo e ganhava a vida como psicóloga. Sua vida girava em torno do amor ao próximo, da caridade pura e da evolução espiritual. Mas mesmo assim, quando a noite chegava – especialmente aquelas frias –, ela sentia algo ausente. Todavia, procurava se conformar que estando sozinha sofria menos.

CAPÍTULO 4

CAMINHANDO DE encontro às suas irmãs, Paola se deu conta de que elas precisavam passar menos tempo dentro daquele hospital.

– Manas, andei pensando, quem sabe nós pudéssemos ir para a casa da Jô passar a noite. Não estamos fazendo nada nesse hospital mesmo. Deixamos os contatos na recepção e assim que eles tiverem novidades nos contatam. Nem que seja para passarmos a noite. Eu não estou me sentindo bem aqui.

– Concordo – disse Suzana.

– Está bem, gurias. Preferia estar aqui, mas minhas costas estão doendo muito depois de tantos dias nessas cadeiras insuportáveis.

Decidiram que Suzana iria dirigir, porque era a menos desgastada naquele momento. Aliás, como sempre, porque ela fora sempre a irmã mais racional. Pensava em números e planos e não em sentimentos ou desejos. Por isso, as pessoas a julgavam como insensível ou diziam pelos corredores que ela não se importava com sua família. O que não era verdade, ela amava com toda a sua capacidade, apenas sua capacidade era diferente do senso comum. Por muito tempo ela tentou fingir que era emotiva como as irmãs e a mãe, mas aprendera a se amar como ela era de verdade.

Ao chegarem em casa, Joana desabou chorando e foi correndo para o banho, na tentativa de renovar as energias. Todas tomaram um banho quente, depois Suzana preparou um chá "levanta defunto" para elas e foram para o quarto de Joana, já que ninguém conseguiria dormir sozinha. Montaram um acampamento, com cobertas para todos os lados e pijamas fofinhos. Joana ligou a televisão no canal de desenhos e, tão logo, estavam todas rindo, conversando sobre coisas idiotas e brincando. E esse era um daqueles momentos mágicos que só podem surgir de momentos desesperadores. Joana se questionou por que não se reuniam mais vezes, não faziam festas do pijama, não comiam besteiras e saíam juntas de vez em quando. Na verdade, as três estavam se fazendo as mesmas perguntas.

No dia seguinte, Suzana foi a primeira a acordar. Olhou para o lado direito e viu Joana de mãos com Paola. Por um breve instante o peso daqueles dias desapareceu. Mesmo Suzana, que não acreditava em nada das baboseiras religiosas, não pôde deixar de se perguntar como de um momento tão triste nascia algo tão lindo como a reconciliação entre as irmãs. Por um momento até compreendeu a razão do espiritismo ter tantos fiéis pelo Brasil. Era mesmo reconfortante pensar que o acidente havia sido um meio para a união familiar.

Tentando não fazer barulho, Suzana se esquivou das cobertas divididas com as irmãs e levantou-se. Passou primeiro no banheiro, em seguida desceu as escadas até a cozinha para preparar um café da manhã revigorante. Não sabia ao certo se tinha escutado ou lido em algum lugar que "às vezes, comer é o melhor remédio". Abriu os armários e a geladeira e foi colocando tudo que encontrou no balcão para dar fome aos olhos, quando as irmãs acordassem. Enquanto fritava uns ovos com peito de peru e queijo, o café era passado na máquina. Estava tão distraída com suas tarefas culinárias que nem percebeu as irmãs descendo as escadas, ainda coçando os olhos.

– Não tem coisa melhor que acordar com esse cheiro! – Riu Joana.

– Ainda bem que nós fingimos bem que estávamos dormindo, né, Jô. Porque estava louca pra comer teu café da manhã de novo, Suzana!

As três riram. Suzana serviu o café preto para todas e logo arrumaram a mesa na sala, com tudo de bom que a irmã cozinhara. Aquela mesa muito se parecia com um café da manhã de hotéis, estava adornada com bolo de milho, pães frescos, uma tigela com os ovos mexidos e todos os tipos de complementos para uma refeição saudável e calórica. Enquanto comiam, as irmãs conversavam sobre a maneira estranha que Joana dormia, os barulhos assustadores que Suzana fazia e as manias esquisitas de Paola na hora de se recolher. Faziam *bullying* uma com a outra, nada mais universal numa relação fraternal.

    Decidiram que iam se revezar por turnos no hospital, dessa forma nenhuma ficaria sobrecarregada. Joana escolheu as manhãs, porque jamais escolheria ir a noite sozinha, Suzana pegou as tardes, para poder ficar com a irmã do meio no pior período do dia, e Paola ficou com as noites. Ela não se importava de ir passar a madrugada, não era como se ela tivesse muitos planos e, afinal de contas, o importante era tirar Joana daquela vibração terrível em que ela se encontrava há poucos dias. Seguindo o combinado, logo após o café Joana se encaminhou ao hospital, enquanto as outras duas irmãs colocavam a casa – que mais parecia abandonada – em ordem. Abriram as janelas, arrumaram as camas, tiraram o pó dos móveis, lavaram a louça e passaram um pano na casa. Só "o grosso", como dizia Miranda.

    – Ei! No que essa cabecinha ocupada está pensando?! De repente teu olhar ficou vago e tenho certeza de que não estás ouvindo nada do que eu digo – disse Paola, voltando a se preocupar.

    – Desculpa, mana. É incrível como até as coisas mais idiotas me lembram da mamãe. Estava aqui pensando nas caracterizações de faxina que ela nos ensinou.

    – Que estamos fazendo as vistas grossas na nossa? – Paola riu. – É verdade, faz muito tempo que ela não me vê fazendo faxina, imagina os quilos de reclamações que ouviríamos se ela nos visse agora!

    As duas riram. Continuaram por um bom tempo conversando sobre a mãe, como todos os bons filhos fazem de vez em quando. Era uma conversa leve e divertida, mesmo que trouxessem alguns defeitos da mãe perfeccionista. O que passava desapercebido pelas irmãs era Miranda parada ao lado do sofá, sorrindo. Com a mão apoiada em seu ombro, estava um homem mais alto, barbudo e grisalho, usando trajes claros e longos. É claro que as irmãs também não viam o homem.

    – Ainda temos muito a fazer – disse Rodrigo. – Hora de ir andando.

    Miranda acenou com a cabeça e eles desapareceram, deixando uma suave brisa no ar. Quase imediatamente Paola sentiu o coração acelerar e precisou sentar-se.

    – O que foi? Está tudo bem, mana? – perguntou Suzana, preocupada.

    – Ai, guria – falou a irmã colocando a mão no peito –, estávamos aqui falando da mamãe e de repente me deu uma coisa, como qu..

    – Não mesmo! Nem ouse dizer que a mamãe...

    As duas foram interrompidas pelo toque do celular de Suzana. Cautelosamente, ela se deslocou até a mesa e olhou para o nome na tela, como se a qualquer momento o objeto pudesse explodir. Olhou para Paola e disse:

    – É a Jô.

—Atende! Ou preferes que eu atenda? – tentou suavizar o tom de voz.

—Tá...

Suzana deu duas longas expiradas e atendeu.

—Jô, o que... Ok! Estamos indo para aí. Fica calma, por favor.

Suzana colocou o celular de volta na mesa e olhou para Paola. Teve a intenção de dizer algo, entretanto apenas abria e fechava a boca.

—Vou pegar minha bolsa. Hoje, eu dirijo – finalizou a irmã caçula. Ela podia não saber o que estava acontecendo, mas tinha alguns palpites, e eles não eram muito bons.

CAPÍTULO 5

RODRIGO GUIAVA Miranda pelos vales, sem dizer uma palavra, apenas enviando sentimentos de compaixão, amor e carinho. Percebia as lágrimas que escorriam dos olhos de Miranda, mesmo que ela tentasse disfarçar. Passaram por uns portões e chegaram a uma pradaria linda, de onde se avistava uma cachoeira que desaguava numa corredeira azul cristalina. Ao longo da queda d'água, eram avistadas pedras de todos os tamanhos e em diferentes tons terrosos. Mais adiante, em torno do córrego, árvores frutíferas encantavam a paisagem, com suas cores vívidas.

Assim que olhou para aquele panorama, que mais parecia um cenário minuciosamente montado para uma propaganda de hotel, Miranda desejou colocar os pés na água cristalina. Rodrigo reparou nos olhos brilhantes de Miranda ao ver a cachoeira e disse:

– Vamos sentar à beira do córrego, assim podemos conversar um pouco antes de eu apresentar-lhe o lugar.

– Por favor, eu adoraria!

Miranda sentou-se e logo removeu os sapatos e arregaçou as calças para por os pés de molho. Assim que sentiu a água gelada nas pernas, soltou uma exclamação de alívio. Rodrigo reparou que até a postura da companheira mudou, parecia que todo o peso tinha sido tirado de seus ombros. Mesmo assim, ele esperou em silêncio até que ela estivesse pronta para conversar.

– Eu não entendo tantas coisas... – falou Miranda, ainda admirando a paisagem. – É engraçado porque li tantos livros, mas quando é conosco a coisa muda. Parece que perdemos o foco das coisas.

– O que você não entende? Algumas informações serão trazidas a você com o passar do tempo, entretanto podemos conversar sobre tudo. Talvez eu não tenha sido tão claro nas respostas, apenas.

– Em primeiro lugar, eu gostaria de saber quem é você. Ou melhor, qual é a nossa relação.

– Nossa relação vai muito além de uma simples explicação. Ela provém de muitas encarnações, algumas das quais estivemos ligados e outras nos encontramos ao longo da jornada. – Percebendo as caretas da mulher, resolveu ser mais direto. – Nessa jornada, eu fui a criança que você abortou, antes de Paola.

Miranda colocou a mão direita sobre a barriga, a surpresa estampava seu rosto.

– Mas como... Era um bebê... E eu não podia te criar, não estava em condições, achei que... nunca mais... queria...

– Calma, Miranda. Eu não estou julgando nenhuma ação. Aliás, logo entenderás que não temos o direito de discriminar as ações dos nossos irmãos. Estou citando os fatos, as circunstâncias. Só isso. Não se preocupe que eu não trago nenhum tipo de rancor comigo. Eu sei que não pareço um bebê, porque não sou. Na minha última encarnação efetiva, eu fui um homem de negócios e essa era minha aparência. Portanto, logo que tive permissão de adentrar essa colônia, retornei à forma física a que me acostumei.

– Permissão?! Então significa que não viestes direto para cá depois que eu o rejeitei?

– Não, tive ainda muito a trabalhar dentro de mim. Eu guardava muitos sentimentos ruins e, confesso, demorei para aceitar que teria de formular outra estratégia para evoluir, já que meus planos de reencarnar em seguida foram suspensos.

Enquanto ouvia o depoimento, Miranda mexia os pés na água, o que gerava um som reconfortante. Como ela pôde ter sido tão egoísta e privar alguém de reencarnar. Ela que se dizia tão espírita, tão estudada. Ela não havia contado a uma alma sequer sobre aquele aborto, muito menos sobre como a criança tinha ido parar dentro dela. Imaginem o que iriam pensar dela. Aí sim não teria mais sossego, nunca mais seria olhada da mesma forma.

– Miranda.

– Oi, desculpe. Me perdi em pensamentos.

– Gostaria que tentasse manter a vibração de seus pensamentos.

– O que isso quer dizer? Como assim, você sabe o que estou pensando?

– Não é bem assim – explicou o guia –, eu vejo a qualidade dos seus pensamentos. São o que chamamos de formas-pensamento, ou seja, cada tipo de pensamento tem sua cor e seu formato. E, dado o nível da colônia onde estamos, o correto é mantermos nossos pensamentos elevados. Eu sei que estamos falando sobre fases difíceis da sua vida, mas não se julgue, não se recrimine. Procure entender o panorama das situações, a razão das coisas. Se você está aqui, é porque concretizou muitas boas condutas, porque se aproveitou das chances de progredir como espírito.

Miranda baixou a cabeça, pensativa. Ficaram ali por alguns minutos, ouvindo o som da água e do vento indo de encontro às folhas das árvores. Aos poucos os pensamentos da mulher foram se acalmando e ficando mais claros. Olhou para Rodrigo, desta vez com compaixão e ternura.

– Me perdoe, meu filho. Não tinha o direito de escolher se a sua reencarnação era ou não importante, ou se era a hora certa.

– Não se preocupe. Eu já lhe perdoei há muitos anos. Se o grande Pai foi capaz de perdoar as atrocidades dos homens contra Ele, quem somos nós para não perdoar?! E você, se perdoa pelas escolhas que fez no passado?

– Ainda preciso trabalhar nisso. Parece que perdoo mais rapidamente os outros que a mim mesma. Mas me diga, o que fizestes após a tentativa frustrada de reencarnar?

– Bom, vaguei alguns anos por lugares obscuros, procurando odiar e condenar a tudo e a todos, principalmente a mim por não ter aproveitado melhor a oportunidade que tive em vida terrestre. Comecei a estudar o espiritismo e com o auxílio de amigos mais avançados no processo frequentei ambientes de reabilitação de suicidas, já que nessa forma em que me vê, eu tirei minha própria vida após perder o que eu considerava a essência da vida: meus montantes de dinheiro.

– Ai, meu Deus! Por isso, tu irias nascer sem os braços?

– Sim, minha querida, repetidamente cometi o mesmo erro, presumi que, quando as coisas não conspiravam ao que eu compreendia ser o que merecia, eu poderia tomar o caminho mais fácil, o caminho em que não precisaria encarar a derrota, a mudança, e muito menos as pessoas ao meu redor. Deixei meus companheiros de reencarnação, mulheres, filhas e filhos, pais, seguidas vezes desolados. Mas não dessa vez. Optei por enfrentar o preconceito, a humilhação, o julgamento, visto que me tiraria a oportunidade, já marcada em mim, de suicídio.

Silenciosamente, Miranda agradeceu por ter reencontrado Rodrigo e pela chance de compreender os princípios espíritas em prática. Ao ver a cascata de luz, que pareciam pequenos diamantes, em torno da companheira, Rodrigo também agradeceu por ser um instrumento divino naquele momento tão precioso.

– Bom, minha companheira de jornadas, está pronta para iniciarmos as intervenções para o seu progresso?

– Sim, meu querido, estou mais calma e pronta para aprender a ajudar nesta nova existência.

Os dois caminharam de mãos dadas, envoltos por uma luz rosa translúcida, em direção às edificações que se avistava no horizonte.

CAPÍTULO 6

SUZANA E PAOLA chegaram ao hospital correndo para encontrar Joana, que andava no corredor de um lado para o outro, com o olhar vago.

– Jô! – Suzana gritou ao longe, tamanha era a ansiedade.

Atordoada, ela veio de encontro às duas e se atirou nos braços da irmã mais velha. Por algum motivo não conseguia chorar, então, ficaram ali, envoltas pelos braços fraternos, por uns segundos. Até que Paola perguntou:

– Afinal, o que os médicos disseram?

– Eles estão levando ela para uma cirurgia de risco, pois perceberam que ela está com hemorragia interna. Se tudo der certo, depois entubam ela por um tempo. E se não der...

– Como assim hemorragia? Desde quando? Perceberam como? Qual são as chances? – Suzana falava sem parar, às vezes suas frases nem mesmo eram compreensíveis.

Paola gentilmente tocou as costas da irmã, e pediu aos amigos de luz que a tranquilizassem. Falou, sentindo e demonstrando compaixão:

– Mana, respira fundo. O que está acontecendo, mesmo que não saibamos ainda o que é, tem um motivo na nossa jornada e foi autorizado pelo grande Pai.

Suzana respirou fundo. Aquelas palavras ao mesmo tempo que doíam, pela revolta que causavam, confortavam, pela perspectiva de que tudo estava certo na lei do universo. E além do mais, ela não queria discutir sobre religião com a irmã. Não ali e certamente não naquele momento.

Enquanto Paola acariciava Suzana, Joana explicava as circunstâncias em que fora chamada pelo médico auxiliar, visto que a médica responsável corria com Miranda para o bloco cirúrgico. Tudo que Joana tinha que fazer era ouvir e ligar para os familiares, para que fossem tomadas as devidas precauções.

– E como tu estás, mana? – perguntou Paola.

– Eu estou bem, apesar dos pesares. Talvez eu já estivesse esperando por isso, não sei. Enquanto ouvia as informações, rezei muito pra que o médico fosse guiado pelos irmãos de luz e que tudo se encaminhasse da melhor forma. Sabe, Pah, pensei muito sobre os dias em que tive ao lado da mãe, especialmente o último. Agradeci por cada momento, por cada conselho, por cada carinho que ela me deu nessa vida. Eu sei que não sou muito de aceitar a religião e tal, mas é tão bom sentir gratidão. Naquele momento, até vocês chegarem, foi o que me acalmou.

– Gostaria de me sentir assim, também.

– Vamos então, Su, fazer uma oração juntas. Você se importa, Pah, em guiar as preces?

– De forma nenhuma! – As três deram as mãos e fecharam os olhos enquanto sentiam o calor uma da outra. – Meus queridos irmãos de luz, nossos amigos no plano espiritual, por favor nos auxiliem neste momento. Que possamos aceitar e compreender os projetos divinos, sem questioná-los; que possamos ser gratas por cada momento que compartilhamos com a nossa mãezinha nessa jornada; que sejamos capazes de deixá-la seguir o seu caminho, seja neste plano ou no plano espiritual. Que possamos enviar todo o nosso amor para que ela tenha a força necessária para cumprir as suas tarefas. Muito obrigada, meu Pai, por ter-nos reunido neste momento precioso, que com a tua força e o teu amor incondicional sejamos capazes de seguir ao teu encontro.

Rezaram em seguida um pai-nosso, uma ave-maria, a oração da Virgem Santíssima, a prece de Caritas e a oração de São Francisco de Assis. Ao final, estavam todas derramando lágrimas, que não eram geradas por tristeza, mas por compaixão.

Após as preces, Suzana e Paola sentaram e Joana continuava em pé, um tanto inquieta.

– Meninas, vocês se importam se eu for dar uma volta pelo hospital? Acho que estou precisando caminhar um pouco – disse Joana.

– Bem capaz, mana! Vai, não se preocupa que ainda vai demorar para o médico sair da cirurgia. Qualquer coisa, nós te ligamos e tu voltas. Está bem? – Suzana falava calmamente.

Assim, pensando em mais situações do que podia acompanhar, Joana saiu caminhando pelos corredores do hospital. Lembrou de quando quase desistiu da faculdade, porque não conseguia trabalhar e estudar, nunca tinha tempo para nada. As provas e trabalhos extensos demonstravam o quanto os professores não se importavam com os alunos trabalhadores. Joana precisou desde cedo se manter e naquele momento tudo indicava que o universo dizia-lhe para entregar as pontas enquanto era tempo. Ela jamais perdera uma aula, mas não conseguia acompanhar os conteúdos; não terminava os textos em tempo hábil e geralmente esquecia das tarefas. Um dia, quando tudo estava a um segundo de desabar na sua cabeça, quando Joana já não conseguia controlar a exaustão, Miranda sentou ao lado da filha. Colocou a mão nas suas costas e imediatamente a filha desatou a chorar. Quando Joana estava prestes a se acalmar, a mãe disse:

– Coloca para fora, meu amor. Respira e segue em frente. Só tem uma pessoa que pode te impedir de realizar teus sonhos: tu mesma. Só tem uma pessoa que pode te fazer ultrapassar os obstáculos e te levar a conquistas inacreditáveis: tu mesma. – Nesse momento, Joana parou de chorar e olhou para a mãe, ainda com os olhos úmidos. – Tu és a única coisa entre o agora e a realizações dos teus sonhos. Não te abatas, minha filha. As dificuldades vão aparecer sempre e cada vez que tu te sentires fraquejar, firma as tuas pernas e segue. Não há sonho grande suficiente que não possa ser alcançado, basta capacitar-se para o voo.

Quantas vezes Miranda fora a fortaleza de Joana e das irmãs. Nas separações, uma mais dolorosa que a outra; nas demissões ou situações de intriga no trabalho; nas reviravoltas da vida quando as irmãs não alcançavam os objetivos; nas noites adentro escrevendo projetos, sem se alimentar direito; nos dias em que Joana chorava sem motivo aparente...

Eram milhões de memórias, e em todas Miranda sabia exatamente o que dizer, como confortar Joana, dando certeza de que tudo ficaria bem, de que elas superariam mais um desafio da vida. Era tão bom ter alguém para colocar os pés dela no chão, para sacudir a poeira e dar mais dois tapinhas nas costas antes da nova tentativa. Joana passou a pensar nas pessoas que talvez não tivessem esse apoio, não tivessem seu potencial valorizado e aprimorado. Pensou nas crianças maltratadas e em quantos sonhos são destruídos antes mesmo de serem experimentados.

Enquanto pensava, não percebia por onde andava, até o momento em que uma voz doce a surpreendeu.

– Oi, tia! Cadê seu filho? Ou é uma filha?

Joana olhou para baixo e viu uma menina de olhos claros com um pano cinza na cabeça. Quase que de imediato ela percebeu que havia entrado na ala oncológica infantil. Tentou não externar nas suas expressões faciais, mas possivelmente era visível ou até mesmo palpável o temor e a apreensão de Joana ao olhar para a menina, que deveria ter em torno de cinco anos. Nesse meio tempo, talvez pela imobilidade de Joana, a menina se aproximou, agarrou a sua mão e disse:

– Tia, tudo bem. Essa coisa que a gente tem não é que nem gripe.

Lágrimas caíram instantaneamente. Joana não teve a intenção de causar desconforto para a criança, pensou ter conseguido esconder a sensação de surpresa. E mesmo assim, aqueles olhos a encaravam com a maior calma e compreensão que já vivenciara. Era como se a criança fosse a adulta entre elas. Aquelas mãozinhas pequeninas daquela sábia criatura envolvendo a mão calejada de uma desconhecida, sem nenhum julgamento, sem nenhuma pretensão ou expectativa. Apenas compreensão e paciência; o mais puro amor.

– Desculpe, meu bem – Joana se ajoelhou no corredor –, não quis te entristecer. A tia sabe que não é gripe, ou que nem gripe. Quantos anos tu tens? Qual teu nome?

– Eu tenho assim, ó – disse a menina mostrando os quatro primeiros dedos –, e meu nome é Ana, mas meus amigos aqui me chamam de Aninha. É complicado, tia, mas tenta pra ver se tu conseguia. Minha mãe diz que eu era muito esperta! E onde que dorme o teu bebê, tia?! Adoro fazer amiguinhos.

– Aninha, meu nome é Joana, minha família me chama de Jô. Tu podes me chamar como tu quiseres, como tu gostares. Eu não tenho filhos, ainda – pigarreou, lembrando da foto do Carlos e da amante grávida –, bem, na verdade eu estou em outra parte do hospital, cuidando da minha mãe. Estava caminhando e vim parar aqui.

– Ai, tia, que coisa bem comprida esse nome – falou Aninha fazendo uma careta.

– Tu achas que tenho cara de quê? Podes me dar outro nome então.

– Eu gostava de Gi. Tia Gi, minha nova amiga.

– Está decidido. Gi! – As duas sorriram. – E o teu quarto, onde fica? Estás aqui há quanto tempo?

– Gi! Meu quarto é esse aqui – apontou para a porta bem em frente –, minha outra amiga, que me cuida, disse pra eu ficar lá, mas eu precisava fazer pipi – falou fazendo outra careta. – Espero que ela não teria me visto, né, tia? Minhas amigas daqui me conhecem, eu vivo aqui. – Puxou Joana para perto, cochichando. – Minha mãe fica triste uns dias, mas eu acho muito mais divertido que na minha casa. Mas vem, tia Gi, que eu vou te levar pros meus amiguinhos daqui e te mostrar todo mundo.

Caminhando de mãos dadas com Aninha, Joana se deu conta de como as crianças funcionam de uma forma diferente. São mais leves, entretanto carregam uma profundidade nos discursos aparentemente simples. Talvez elas sejam capazes de enxergar as situações e as pessoas com mais clareza. De qualquer forma, aquele contato era tão relaxante, especialmente tendo em vista os últimos acontecimentos.

CAPÍTULO 7

– PARENTES DE Miranda? – perguntou a telefonista da sala de espera.

– AQUI! – gritou Suzana, mal terminou a exclamação e já estavam ela e a Paola na frente da mulher com o telefone.

– A doutora aguarda as senhoras para dar informações. Por favor, sigam até o final do corredor.

As duas saíram caminhando a passos largos, apesar da imensa vontade de correr até o médico. Decerto o corredor nem era tão comprido que fizesse diferença, mas naquele momento certamente estava maior que uma maratona.

– Boa noite, meninas. Sou a doutora Luiza. Acredito que vocês sejam filhas da Miranda, pela semelhança. Certo? – As duas acenaram, queriam que a médica fosse direto ao ponto. – Bem, primeiramente gostaria de ratificar que minha equipe fez o possível e o impossível para conter a hemorragia e regredir o quadro.

Entendam que não foi uma tarefa fácil, essa é uma situação um tanto crítica. Ao que tudo indica, foi possível controlar o sangramento; todavia, como eu havia explicado anteriormente, em razão do esgotamento físico de Miranda, foi necessária a sedação novamente e ela permanecerá um tempo entubada e sob observação intensa.

– Eu não entendi nada – vomitou Paola. – Em outras palavras, doutora, a nossa mãe está em coma induzido, sim? E quais são as chances de ela voltar?

– Meninas, segundo a minha profissão eu tenho a obrigação profissional de comunicá-las que este é o momento de despedida – respirou fundo –, entretanto, eu acredito que a Miranda tem total capacidade de recuperação, se ela lutar. Então aconselho qualquer tipo de tratamento que seja familiar à paciente, como leituras, conversas, massagens, orações...

– Muito obrigada, doutora Luiza – disse Suzana. – Quando podemos vê-la?

– A partir de amanhã de manhã. Vamos deixá-la descansar por hoje. – Luiza tocou as irmãs nos ombros e voltou ao bloco cirúrgico.

Paola, ainda sem piscar, virou o corpo para Suzana e hesitou. Suzana segurou a mão da irmã e disse em tom confiante:

– Vamos pegar a Jô e voltar para casa.

Suzana ligou para o celular de Joana e elas combinaram de se encontrar na porta da frente do hospital.

A irmã, até então sumida, chegou correndo, após prometer à nova amiga que retornaria em breve. Paola resumiu o discurso da médica e finalizou dizendo:

– Precisamos nos preparar.

As três foram para casa em silêncio, claramente imersas em suas lembranças. Paola lembrava seus estudos sobre a espiritualidade, tentando encontrar qualquer solução lógica para aquela circunstância. Ela não entendia por que a mãe tinha melhorado e piorado novamente, qual seria a explicação cabível nesse contexto? Sem perceber, começou a duvidar de seus estudos e, consequentemente, de sua fé. Ela rezava tanto, era uma pessoa tão boa com todos a sua volta, pensava sempre no melhor dos acontecimentos. Acreditava que tudo era experiência e aprendizado, mas agora simplesmente não enxergava saída.

Joana dirigia e recordava os momentos que não teve com Miranda e as irmãs. Estava tudo errado. As coisas não eram para ser assim, não podiam ser. Joana deveria ter compreendido mais cedo o quanto precisava da família perto, que elas ainda tinham muito a ensinar e Joana a aprender. Principalmente sentia falta daquela união que só a família pode ter. Uma certa garantia de que independentemente do tamanho da confusão, do atrito e das tempestades, elas iriam sempre superar porque estavam juntas. Joana pensava nos aniversários comemorados sem visitas e sem festas, pensava em todos os dias em que havia evitado as ligações das irmãs e da mãe, até o dia em que elas pararam de tentar. E quando os telefonemas cessaram, o que pensava ser seu maior desejo, sentiu-se realmente sozinha. Sozinha no mundo, ela contra seus problemas. Decidiu, portanto, investir todos os seus minutos no trabalho e no relacionamento. Estava na hora de ter filhos, assim poderia facilmente ter um foco na vida. Agora Joana percebia seus equívocos, jamais devia ter confiado em Diego como confiava na sua família. Por mais que ele fosse seu marido, jamais teria tamanha afinidade e companheirismo. Agora ela compreendia por que as pessoas dizem que só podemos depender da nossa família. Parece que eles têm uma certa obrigação de ajudar.

Suzana olhava pela janela e ponderava os próximos afazeres: como pagariam pelo funeral, em caso de óbito; quando iriam à casa de Miranda dar jeito nos patrimônios da mãe, se venderiam a casa; se precisava entregar o apartamento alugado onde morava e se viria morar perto de Joana, quem sabe as três irmãs poderiam enfim se unir novamente – até porque Suzana não tinha o que a segurasse em São Paulo, vivia para o trabalho de advogada, viajava tanto que nem plantas possuía em casa. Até esse momento, ela não percebera quão vazio eram seus dias. Pensando neles, descobriu que eram todos iguais, independentemente do caso em que estava envolvida, se chovia ou fazia sol, era como se os últimos quinze anos fossem resumidos a ternos e saltos.

– Chegamos, gurias – Joana disse, quebrando o silêncio que nada tinha de tranquilo.

***

Elas desceram do automóvel, entraram em casa e sentaram-se na sala. Já que ninguém tinha sono ou fome. Meio sem querer, começaram a conversar sobre o peso que cada uma carregava na cabeça e nos ombros. Só quando as irmãs revelaram seus pensamentos foi que Suzana se deu conta de como ela era racional e prática. Narrou as questões que a atormentavam e finalizou dizendo:

– Por isso que todos dizem que eu sou fria. A mãe está entre essa realidade e a outra e eu já penso em doar as coisas dela e tal – pausa por alguns segundos –, queria ser como vocês.

– Mas, mana, é por isso que somos tão boas juntas: cada uma tem características complementares. Nós estamos esperançosas e desesperadas e tu estás organizando as coisas.

Em seguida foi a vez de Joana:

– Não se preocupa, Su. Sabemos que tu amas a mãe tanto quanto nós, e nenhuma demonstra como a outra. – Foi em direção à irmã e pegou em suas mãos. – Nós precisamos de ti, como tu és.

Joana se levantou rapidamente e correu até o quarto de hóspedes. Voltou de lá com duas caixas, colocou-as no chão e disse:

– Já sei o que vamos fazer. Eu prometi para minha nova amiguinha um presente e, como nenhuma de nós conseguirá dormir, vocês vão me ajudar.

Dentro da caixa havia pequenos potes com diferentes tipos de miçangas, cordões, pingentes e ornamentos. Enquanto as irmãs organizavam o material, Joana contou tudo sobre o encontro com a pequena amiga e sobre como seus problemas pareceram diminuir quando conheceu a ala oncológica infantil. E assim começaram a produção de bijuterias para presentear as crianças. Nem se deram conta de como aquele simples gesto redirecionou a energia, agora, em vez de reclamarem da vida, estavam relembrando as experiências de criança e construindo objetos para o bem.

Ninguém viu que aquela mudança na vibração dos pensamentos tinha auxiliado a afastar os espíritos obsessores e atraído irmãos mais evoluídos no plano espiritual. Juntos fizeram um círculo em volta das irmãs e deram passes para equilibrá-las. Às vezes, tudo que precisamos é sacudir a poeira.

CAPÍTULO 8

AO AMANHECER, as irmãs haviam finalizado uma caixa cheia de colares, pulseiras e brincos. Saíram em direção ao hospital carregando as bijuterias como se fossem joias de diamantes. Obviamente, eram ainda mais valiosas, aquela caixa portava sorrisos e esperanças.

Chegaram antes mesmo do horário de visitas e aproveitaram para entregar os presentes. Joana guiou as irmãs até o quarto de Aninha, que estava acordada tomando o café da manhã com sua mãe. Imagine qual não foi a surpresa de todas no momento em que as irmãs colocaram os olhos na mãe de Aninha e perceberam imediatamente que ela também era portadora de câncer.

– Tia Giii! – gritou a menina, largando o café para ir ao encontro de Joana. – Quem são as amiguinhas?

– Aninha, essas são minhas irmãs. Paola e Suzana, mas acho que tu vais querer trocar o nome delas também, né?! – Piscou para as irmãs. Elas se ajoelharam e

Joana continuou: – Nós trouxemos presentes pra vocês e para as tuas amiguinhas daqui. Mas primeiro, vamos conhecer a tua mamãe.

Todas se viraram para a mãe de Ana, que usava um lenço verde claro na cabeça e um soro no braço. Vilma esboçou um sorriso, todavia seu cansaço era nítido.

– Olá, meninas. Muito gentil da parte de vocês. Me desculpem por não levantar, hoje não é um bom dia.

– Imagina! – disse Suzana. – Nós é que somos visitas!

– Mamãe, vou dar uma volta com minhas amigas, tá? Eu volto depois, todo mundo tem que ver os presentes antes do moço feio chegar. – Olhou para as irmãs e explicou: – Ele leva a gente pra tomar remédio. Aqui ninguém gosta muito dele! Ah, e ele é muito feio!

Todas riram. A mãe dela consentiu o passeio, chamou Suzana para perto e cochichou:

– Podem demorar, eu acho que vou passar mal logo mais. Ontem fiz a quimioterapia, mas não posso ficar assim na frente da Ana.

Suzana acenou. Pegou da caixa um lenço decorado com pingentes, brilhos e pedrarias e entregou à mãe de Ana, que imediatamente chorou. Devagar, Suzana tirou o lenço esverdeado e substituiu pelo lenço violeta decorado. Deu um beijo carinhoso na testa de Vilma e despediu-se:

– Depois eu vou voltar para cuidar de ti, dona...

– Por favor, me chamem de Vilma.

Enquanto isso, também para distrair Aninha, Joana e Paola mostravam as confecções, e Aninha separava pensando nos gostos dos amigos.

Entraram em todos os quartos da ala oncológica, distribuíram as bijuterias e fizeram novas amizades. Cada criança contava um pouco da sua vida (e da doença), como se fossem conhecidos de muito tempo. E de vez em quando, Aninha completava ou explicava as situações. Ela mais parecia a enfermeira chefe do hospital que uma paciente de quatro anos. Quem já tinha ganhado os presentes se juntava ao grupo para entregar aos outros. Lá pelas tantas, a muvuca era tão grande que o enfermeiro responsável pelo turno foi ver o que as irmãs estavam fazendo. Quando Renan entrou no penúltimo quarto, todos ficaram em silêncio. Suzana foi a primeira a olhar para trás e Joana a última, porque continuava fazendo propaganda dos acessórios que ainda estavam na caixa.

Ao olhar para a porta, não conseguiu conter o espanto de colocar os olhos no homem mais lindo que já tinha visto. Renan era alto, aparentava ser um pouco mais velho que Joana, com um porte físico de atleta, tinha cabelos castanhos e olhos verde-escuros. Mas o que realmente encantou Joana foi o sorriso que Renan estampava no rosto ouvindo a descrição dos presentes. Quando ele sorria, viam-se covinhas nas bochechas e os dentes eram perfeitos.

– Desculpa pela bagunça – disse Joana meio engasgada.

– Imagina, só vim ver se sobrou algum pra mim!

As crianças riram e Aninha esclareceu que eram coisas de menina.

– Ué – reclamou o enfermeiro –, homem não usa pulseira nem colar, Aninha? Eu vou usar também! Escolhe um pra mim, por favor.

Joana colocou a caixa em cima da cama e os pacientes se aproximaram para discutir qual delas era mais adequada para o "tio Re". Depois de alguns minutos discutindo cor, brilho e motivos, Aninha entregou ao enfermeiro um colar de corrente com pingentes em tons verdes e justificou:

– Tio, essas bolinhas era nós. Cada amiguinho que o tio cuida. E eles são verdes porque minha mãe diz que é fé e espreança. – Joana corrigiu "esperança, Aninha". – É. Isso. Es-pe-ran-ça. E ele vai ficar aqui – apontou para o peito do enfermeiro –, porque é pra ficar no coração. Os amiguinhos daqui gostam muito de ti, tio. O tio é legal com todo mundo, sempre faz a gente dar risada.

Renan colocou o colar por cima do uniforme e pediu um abraço coletivo. Parecia ter sido ensaiado, pois as crianças e o enfermeiro abraçaram apertado as três irmãs.

Renan voltou ao atendimento dos quartos, enquanto as irmãs passaram o resto do dia contando histórias para os pacientes, até que todos caíssem no sono. O relógio mostrava onze horas quando Joana fechou o livro e fez um sinal para saírem em silêncio. Assim que Suzana fechou a porta, respirou fundo e disse:

– Manas, obrigada pelo melhor dia da minha vida! – Seus olhos se encheram de lágrimas e ela nem tentou disfarçar. – Eu nunca tive tempo para fazer algo assim, somente pelos outros. É sempre ou trabalho ou as minhas coisas, sempre uma correria que no fim não me acrescenta em nada, nem mesmo me deixa feliz... Na verdade, eu acho que nunca achei tempo para isso, também. Cada dia aparece um problema, sabem. Mas não hoje! Apesar de todos os nossos problemas, me sinto leve e feliz.

Paola sorriu e segurou a mão da irmã.

– Querem passar para ver a situação da mamãe? – complementou.

– Sim, vamos ver qual é a situação – respondeu Joana, e Suzana acenou.

Apresentaram-se no plantão da UTI e aguardaram a vinda do médico responsável.

– Senhoritas, boa noite. Meu nome é Marcela, sou a plantonista da noite. Tenho boas notícias da Miranda. O quadro dela está estável consideravelmente, seus pontos estão cicatrizando corretamente e não demonstrou mais nenhum sinal de sangramento. – As irmãs mal respiravam para não interromperem a médica. – Portanto, às dezenove horas, fiz um teste e removemos o respirador. Miranda reagiu bem e continua respirando sozinha.

– Ai, meu Deus! Que notícia maravilhosa! – disse Suzana.

– Com certeza. Com a evolução apropriada do quadro, o próximo passo será retirar a paciente do coma induzido e aguardar pelo seu retorno – finalizou a médica.

– Qual é a previsão para que isso seja feito? – indagou Paola.

– Bem, o procedimento é aguardarmos quarenta e oito horas e então daremos seguimento no processo de recobrar a consciência da paciente.

– Nossa! Muito obrigada, Dra. Marcela! Não temos palavras suficientes para agradecer.

– Imagina! Só estou fazendo meu trabalho. Com licença, preciso retornar à ala.

As três observaram a médica entrar novamente na UTI, ainda digerindo as notícias. Elas estavam tão felizes que quase não acreditavam na mudança brusca do quadro de Miranda. Assim que voltaram a si, tomaram o rumo de casa, cantando (nada bem) as músicas da rádio, rindo e fazendo piadas. Naquela noite, tinham muito a comemorar, então não foram direto para a casa. Pararam em um restaurante de comida japonesa e comeram até a barriga doer. Ao chegarem em casa, lá pelas duas horas da manhã, se aprontaram para ir para a cama e antes de pegarem no sono fizeram uma oração pela Dra. Marcela, para que ela pudesse ajudar muitos pacientes na UTI a se recuperarem, e por Miranda, para que o melhor acontecesse. Ao final, agradeceram a bondade divina pelo dia de caridade que tiveram, e pela recompensa da saúde da mãe.

CAPÍTULO 9

NO PLANO ESPIRITUAL, Miranda concluía seus estudos sobre as leis divinas, as missões individuais e a energia da cura. Durante esse tempo todo em que seu corpo físico esteve em repouso forçado, seu corpo astral não parou de trabalhar nas esferas dos necessitados, sempre supervisionada por Rodrigo. Reconheceu muitos amigos na espiritualidade, alguns eram familiares ou amigos dessa vida, outros eram de encarnações passadas. Todos eles auxiliaram Miranda a encontrar seu caminho e a trabalhar na assistência dos sofredores que se encontravam no hospital astral. Ela participou do grupo de acolhimento dos recém-desencarnados e encontrou o seu lugar junto aos suicidas.

Agora, aprontando-se para retornar ao plano físico, levava consigo uma nova missão: trabalhar como médium de cura, prevenindo os casos de suicídio – consciente e inconsciente, usuários de drogas ou casos de transtornos alimentares. Levava também o conhecimento adquirido acerca do assunto e de alguns dos mistérios da espiritualidade, que a ajudariam a praticar a caridade, dando um novo sentido à vida.

– Miranda – disse Rodrigo ao se despedir –, tu sabes que não vais te lembrar de tudo o que vivestes aqui, mas eu estarei do teu lado te lembrando o que tens que realizar nessa oportunidade que se apresenta. O teu conhecimento adquirido aqui permanecerá contigo e se apresentará como uma inquietude que te levará a fazer algo para ajudar, cada vez que te deparar com um caso iminente de suicídio.

– Muito obrigada, meu querido filho e mentor. Eu vou continuar a fazer a caridade pura, sem esperar nada em troca e sem deixar as oportunidades passarem, dessa vez. Muitas vezes já olhei para o outro lado e fingi que não era a hora de ajudar, mas não mais! Eu sei o que devo fazer e QUERO fazer agora. E pode puxar minha orelha se eu me desviar!

Os dois riram. Miranda abraçou todos os amigos da espiritualidade que foram levá-la ao centro de retorno ao plano físico. Antes de entrar, agradeceu silenciosamente pela infinita misericórdia divina.

CAPÍTULO 10

— GURIAS, GURIAS, acordem! Rápido! Temos que ir ao hospital.

— O que foi, Paola? São cinco da manhã!

— Eu sei, Jô. Recebi uma ligação do hospital. Estão nos esperando para tirar a mamãe do coma! Vai ser hoje!

Joana deu um pulo da cama, estava completamente acordada. Chamou Suzana e se vestiram rapidamente. Tomariam café no hospital mesmo, tudo para não perder tempo. Era muito importante que elas estivessem lá com Miranda nesse momento. Esses dois dias de aguardo tinham sido muito bem aproveitados, pois se dedicaram às crianças da oncologia, porém as irmãs não aguentavam mais esperar.

Em menos de meia hora estavam no hospital. O Dr. Vítor permitiu que as três filhas ficassem junto à cama enquanto os enfermeiros retiravam o soro que induzia o coma de Miranda. Após o procedimento, o médico explicou:

– Bom, meninas, agora precisamos aguardar. Não se sabe ao certo qual será o tempo de reação, isso depende muito de cada indivíduo. O melhor que vocês podem fazer é ficar pelas redondezas do hospital e eu entro em contato assim que tivermos algum sinal.

– Claro, Dr. Vítor. Nós vamos passar o dia no hospital. Temos uns amigos na ala infantil. – As irmãs sorriram. – Será que podemos dar um beijo na mamãe? – falou Joana.

– Com certeza, mas sejam breves. Esse momento é um tanto desgastante. Miranda vai precisar de toda a energia para acordar logo.

O médico se retirou para dar privacidade às filhas. Elas fizeram um círculo de mãos dadas em torno da cama da mãe e rezaram pedindo forças à Miranda. Em seguida, cada uma deu um beijo na testa dela e saíram da ala com lágrimas nos olhos e muita esperança no coração.

Depois de passarem dias – e algumas noites – no hospital, as filhas haviam desenvolvido um sistema de espera. O primeiro passo era não esperar. Elas não ficavam mais pensando e sofrendo com o que poderia ou não acontecer. Agora preferiam passar os dias com as crianças da ala oncológica, dessa forma nem percebiam o relógio correr, divertiam as crianças e se entretinham, além de Joana ter se aproximado muito de Renan, o que a deixava muito feliz. Mesmo que não admitisse em voz alta, Joana tinha esperança de que aquilo fosse mais do que amizade. Enquanto estavam juntos, eles riam e brincavam o tempo todo e, quando Joana estava em casa, não conseguia parar de pensar em possíveis desfechos de romance com Renan. Aqueles eram os melhores momentos dos últimos tempos, e no dia mais importante não poderia ser diferente. As três irmãs depositaram toda a alegria que sentiam nos amiguinhos e ao fim do dia todos foram cedo para a cama, pois estavam esgotados de tanto brincar. As irmãs voltaram para ter notícias de Miranda, mas não sem antes passarem nos quartos para dar um beijo de boa-noite em cada amiguinho. Ao se despedirem de Aninha, ela abriu os olhos e disse:

– Vai dar tudo certo com a mamãe de vocês, tias.

Suzana parecia ser a mais preocupada das três, e foi a única a ficar em silêncio enquanto caminhavam até a UTI. Paola tocou o interfone e foram atendidas pelo mesmo médico da noite anterior. Ele sorriu ao vê-las, mesmo estando visivelmente cansado.

– Boa noite, senhoritas!

– Boa noite! – responderam todas, em coro.

– Tenho excelentes notícias! Desde o começo da tarde, Miranda tem reagido a estímulos e agora à noite acordou.

– Ai, meu Deus! Obrigada! – disse Suzana, deixando escorrer as lágrimas.

– Doutor, será que podemos vê-la? – perguntou Joana.

– Com certeza, só peço que sejam breves e não peçam respostas a Miranda. Conversem com ela, mas deixem-na recuperar mais um pouco. Ainda é cedo para exigirmos demais.

– Claro! – falou Paola.

As três se encaminharam para o leito da mãe, todas emocionadas. Ao verem os olhos de Miranda abertos, mal conseguiam conter a excitação. Foi Joana quem falou primeiro:

– Mãezinha, muito obrigada por ter voltado. Eu fiquei muito preocupada contigo no começo, mas depois a Paola nos ajudou a manter a calma e ter fé de que o melhor aconteceria. Ela nos explicou muito sobre a espiritualidade e as missões de cada um. Agora eu sei quem foi a privilegiada por tantos anos de centro espírita!

– Mãe – falou Paola –, que bom que tu estás bem! Temos tanta coisa para te contar! Mas hoje só viemos te dizer que queremos que tu te recuperes no teu tempo, sem pressa. Estaremos aqui todos os dias para te apoiar.

– Mamãe – disse Suzana respirando fundo –, eu te amo muito, desculpa se eu não demonstro tanto que nem as gurias, mas quero que tu saibas que tu me destes o melhor presente do mundo, que é essa família maravilhosa. Eu decidi que vou me mudar para mais perto da Jô, e espero que possamos passar mais tempo juntas.

Miranda sorriu e apertou levemente a mão das filhas, que beijaram a mãe e se retiraram para que ela pudesse descansar.

CAPÍTULO 11

NOS DIAS QUE transcorreram, Miranda foi encaminhada para o quarto, iniciou a fisioterapia e já podia conversar por breves períodos. Seu prognóstico foi o melhor possível, tendo em vista as condições que se encontrava quando deu entrada no hospital. Neurologicamente não teve sequelas e se recuperava mais um pouco a cada dia. Quanto às lembranças de Miranda acerca do tempo em que esteve em coma, ela recordava de poucas partes, como flashes. Tinha a impressão de não ter parado um segundo sequer e lembrava da fisionomia de Rodrigo, mas não recordava da sua relação com ele, só sabia que havia muito amor envolvido. Durante o tratamento no hospital, pediu à Paola livros e mais livros espíritas e retomou as discussões sobre o tema com as filhas.

As irmãs continuavam visitando as crianças da ala oncológica e Joana desenvolveu um relacionamento fora do hospital com o enfermeiro Renan. Eles saíam quase todos os dias juntos e, é claro, apaixonaram-se, todavia, levavam as coisas devagar, dando tempo ao tempo. Suzana brincava com Joana que desde o primeiro dia em que viram Renan, ela sabia que Joana havia se derretido. Suzana e Paola se mudaram para a casa de Joana, cada uma tinha seu quarto e sua privacidade, e futuramente planejavam ter cada uma a sua casa, porém no momento aproveitavam todo o tempo que podiam juntas, dividindo o tempo entre Miranda, o trabalho e diversão em família – que agora incluía o Renan.

No período de um mês, Miranda teve alta do hospital para continuar o tratamento em casa. Obviamente, a mãe se juntou às filhas na casa de Joana. No dia em que chegou, elas organizaram uma festa para recepcionar a mãe naquele tão esperado momento. Havia flores, balões, doces e cartazes por todo lado – inclusive alguns feitos por Aninha e seus amigos. No momento do discurso, Miranda disse:

– Eu estou muito feliz de poder voltar para casa, mas principalmente de ver que a minha situação uniu nossa família novamente. Obrigada por estarem me apoiando com os projetos de trabalho voluntário e na minha recuperação.

E voltou a se sentar. Joana pediu a palavra:

– Gente, eu quero agradecer muito aos nossos amigos da espiritualidade por nos darem a oportunidade desse momento e pelo aprendizado maior de que somente quando deixamos de nos preocupar com nossos problemas é que vemos a solução para eles. Enquanto nós estávamos obcecadas pela situação da mamãe, nada se resolveu, as coisas até pioraram. Mas a partir do momento em que voltamos nossa energia para ajudar as crianças pacientes de câncer, transformamos nossa dor em amor e caridade. E, assim, fomos recuperando nossa fé na recuperação de mamãe. Parece até que nossos problemas diminuem quando passamos a ajudar os outros com seus problemas. Esse foi, para mim, o maior aprendizado desse ano. Espero que todas nós possamos continuar colocando em prática a caridade pura. Amo muito vocês. Obrigada!

Todos brindaram e nunca mais pensaram em se separar.

FONTE: Mrs Eaves Xl Serif OT
IMPRESSÃO: Graphium

#Talentos da Literatura Brasileira
nas redes sociais